AF377281

LES

TEMPS

SONT VENUS!

PARIS

CHEZ MADRE, LIBRAIRE

20, RUE DU CROISSANT.

—

1869

PARIS. — IMPRIMERIE MORRIS PÈRE ET FILS

Rue Amelot, 64.

LES TEMPS SONT VENUS !...

République ou cosaque, a dit Napoléon Ier.

Or, il était logique à Sainte-Hélène, comme il eût pu l'être à Paris, dès le Consulat !

L'alternative que sa prévision formulait ainsi, non sans des regrets amers, et qui longtemps a dû sembler n'être qu'un mot, paraîtrait aujourd'hui prétendre à se poser en fait, si. . . . .

Si, — la vérité veut qu'on le dise, — si la France, ayant le choix entre le bien à perdre et le mal à gagner, était jamais capable d'hésiter à marchander le pire.

Car la France actuelle, qu'un parti croit mûre pour la République, n'est, en grande partie, que blette, sinon pourrie, au point qu'il suffirait de son infection pour faire reculer les Cosaques eux-mêmes.

Jamais, en effet, non, jamais on n'a pu voir, même sous le nom de progrès, de démocratie et de socialisme, autant de turpitudes réunies que celles qui désunissent aujour d'hui notre malheureux pays.

Pendant que l'anarchie des esprits, après avoir mis en discussion les principes les moins discutables, affirme le mensonge, nie la vérité, sape par ses bases intellectuelles et morales notre pauvre France, dont toutes les forces vitales sont ainsi dépensées en pure perte, l'ennemi de la civilisation s'apprête à profiter de nos discordes, à fondre sur nous.

Ah ! qu'il doit rire de nous voir si bien faire sa besogne contre nous-mêmes !

Mais, passons vite.

On ne doit pas s'arrêter aux inutilités de l'analyse, quand on peut arriver d'un bond à l'efficacité de la synthèse.

Tel est notre cas.

Assez et trop de plumes embrouillent à plaisir l'écheveau déjà si emmêlé des diverses politiques gouvernementales.

Nous n'avons que le temps de démêler la vraie politique des peuples, car les temps sont venus !...

Ne vous attendez donc pas, ô Parisiens du second empire ! qui vous croyez à la fois des Athéniens et des Gaulois, comme si les uns n'étaient pas le contraire des autres !

Ne vous attendez donc pas à trouver ici, ou des vétilleries de l'esprit de parti, ou des futilités de folliculaires amuseurs, ou des sophismes de pseudo-penseurs, ou des utopies de chercheurs de l'introuvable, ou toutes autres choses enfin qui ont fait, du peuple soi-disant le plus spirituel, une population hétérogène, ne retrouvant son

homogénéité que dans le culte des plus extravagantes sot-
tises.

Il ne sera fait dans tout le cours de cette étude intègre,
aucun sacrifice aux faux dieux de la vogue, cette grande
impudique qui corrompt les générations nouvelles.

Il n'y aura que la substance austère d'une philosophie
pratique et utilitaire pour tous, contre personne.

Le vrai penseur n'est, ne peut-être que philanthrope,
et, même dans l'adversaire étranger, ne doit point voir
un ennemi.

Bien que l'amour de l'humanité n'ait pas de cocarde
ni l'étroite passion du lambeau d'étoffe qu'on nomme
drapeau, le patriotisme n'est point relégué par le vrai
penseur comme une superfluité :

Fils de la mère commune, qui a plusieurs familles, on
préfère, en aimant tous ses frères, ceux du lit où l'on a
pris naissance.

Le même sang est dans les veines.

Mais cette préférence inconsciente n'exclut pas la justice, cette autre mère qui veut la fraternité raisonnée.

Sortons du domaine des principes généraux, pour entrer dans le champ non moins vaste que des vues particu-
lières inonderont peut-être bientôt de l'océan rouge des
batailles stériles, au lieu de le couvrir, comme il le faudrait, des semences fécondes de la paix ; car, encore une
fois, les temps sont venus de résoudre le problème : Être
ou ne pas être.....

Quoi qu'en disent les dithyrambes officieux de la presse
européenne, les temps sont venus où il ne sera bientôt

plus possible, ni à un peuple ni à un gouvernement, de reculer devant la solution.

Voyez plutôt ce qui se passe :

L'Europe, tout entière en armes, du nord au midi, semble n'attendre qu'un coup de clairon, pour se ruer à des combats d'extermination, où le génie de l'homme, par le seul jeu d'un misérable engin, brisera des milliers de riches existences à la fois.

Pourquoi ces dispositions barbares ?

Parce que divers peuples et quelques gouvernements se croient à l'heure de pouvoir réaliser quoi ? des rêves !

Rêves cependant irréalisables pour les uns comme pour les autres.

Des peuples rêvent la jouissance de toutes les libertés absolues.

Des gouvernements rêvent l'extension de leur pouvoir sur plusieurs peuples, sinon sur tout un continent à la fois.

Le rêve de la révolution, l'absolue émancipation humaine.

Le rêve de Pierre le Grand : l'empire semi-universel ou hémisphérique.

Le rêve de Napoléon le Grand : la monarchie européenne.

Trois grands rêves, dont le dernier seul n'est assurément plus rêvé aujourd'hui, mais qui ne sont enfin tous qu'un vain rêve !

Ne fût-ce que parce qu'un seul des trois exclut les deux autres.

L'humanité ne sera jamais émancipée totalement, parce que sa tâche est de s'émanciper toujours.

C'est parce qu'elle est perfectible, qu'elle sera toujours imparfaite.

L'empire russe ne sera jamais semi-universel ou hémisphérique, s'il y a toujours quelque gouvernement intelligent de ses propres intérêts, ou quelque peuple qui ne soit pas seulement capable d'être l'esclave du knout.

La monarchie européenne ne sera jamais telle qu'elle a été rêvée par Napoléon Ier, parce que, d'abord, la France n'a pas, comme la Russie, une politique homogène, une et unique, et imperturbablement persévérante.

Chaque gouvernement qui s'intronise en France n'existe que par cela même qu'il est, en apparence du moins, le contraire de son prédécesseur.

La contradiction à l'esprit de suite, en politique, est tellement grande chez nous, que, sous le même gouvernement, les ministères qui se succèdent produisent quelquefois chacun un changement de politique.

Comment d'aussi invariables variations aboutiraient-elles jamais à une stabilité quelconque?

L'instabilité dans une ligne politique fait les tâtonnements, les déraillements, le contraire de la marche en avant, puisque l'on va de tous les côtés; en un mot, fait le contraire du progrès.

Car le changement n'est pas le progrès; ce n'en est que le simulacre, ou plutôt la parodie.

Si la France n'eût suivi qu'une seule ligne et directe, depuis 1789, elle serait à la tête, non pas seulement de l'Europe, mais du monde entier, qui, à sa suite, marcherait glorieux dans la paix et la fraternité universelles.

Mais, la France, le peuple français,—il faut bien l'avouer, avec la rougeur au front, — n'a guère, en fait de politique, que des aspirations fugitives, dont l'ambition contradictoire pourrait être symbolisée, hélas! par cet instrument criard qui grince un air varié, devant chaque feuille de la rose des vents, sur les toits.

Rêves de France, autant en emporte chaque réveil tous les quinze ou vingt ans!

La France, on dirait un peuple condamné aux éternelles folies d'une sempiternelle adolescence.

C'est beau, la jeunesse; mais, en politique surtout, c'est toujours être dupe!

La vieille Angleterre sait cela, elle qui ne rêve pas, mais qui réalise!...

La Russie en arriverait-elle donc à réaliser?

Peut-être...

Si la France, l'adolescente, ne doutant pas assez de ses forces, selon la vanité de la jeunesse, prête une oreille trop complaisante aux offres astucieuses d'alliance qui tendent un appât à son ambition. Lire, relire et méditer le testament de Pierre Ier, qui se trouve à la fin de cette brochure.

Cependant, des hommes qui prétendent voir au delà des nuages, des hypernéphélistes, comme disent Rabelais et Montaigne, affirment que, sur les trois vieux rêves précités, d'autres rêves plus actuels viendraient brocher leur trame d'araignée.

Bien entendu, la Russie, toujours logique, ne se prêterait que par la ruse à cette nouvelle combinaison; elle l'encouragerait, parce qu'elle sait diviser, pour régner plus tard.

Par suite de cette théorie dite des grandes agglomérations, on rêverait d'après les hypernéphélistes et non d'après nous, — on rêverait donc l'Europe partagée en trois grands empires : le Russe, l'Allemand et le Français.

Le Français aurait ainsi, toujours selon les hypernéphélistes, cela va sans dire, les provinces Rhénanes, la Belgique qui semble faire tout pour cela, et même les deux péninsules... pourquoi pas?

Mais le Russe aurait, tout d'abord la Turquie... Constantinople.

Constantinople! la réalisation du rêve séculaire, le point d'où CELUI QUI Y SERA RÉGNERA SUR LE MONDE! a dit Pierre Ier.

La divulgation de ce dernier rêve explique pourquoi la presse moscovite, — dont il est des organes habiles partout, et surtout à Paris, — prêche avec une ardeur toujours nouvelle depuis quelque temps l'alliance franco-russe.

Si cette alliance était faite, le rêve ne serait peut-être pas encore tout à fait réalisé; mais il y aurait sinon beaucoup de chemin, du moins beaucoup de mal de fait, beaucoup de sang répandu et beaucoup plus encore à répandre.

Lorsque Napoléon Ier disait : République ou Cosaque, il prévoyait le chemin que ferait la politique du testament, il pressentait les spéculations actuelles de l'alliance franco-russe, non moins que la folle audace de la sempiternelle adolescente qui, se croyant très-rusée, hésiterait peut-être à les repousser.

Mais, il y a,—ô Czar de toutes les Russies!—outre l'opposition finale qui vous viendrait du peuple et du gouvernement français, un autre empêchement aux résultats désirés par vous de cette alliance.

C'est qu'en croyant faire l'Europe cosaque, vous feriez, — savez-vous quoi? — la Russie république !

Car vous devriez bien comprendre que si, par impossible, les peuples de l'Europe occidentale voyaient leurs gouvernements rester trop longtemps crédules à vos ruses, ces peuples, une fois dans le branle des batailles, commenceraient, plutôt que de devenir Cosaques, par déposer leurs chefs indignes ou incapables; se feraient libres et vous noieraient dans le déluge tempétueux de leur liberté.

Et fussiez-vous déjà trônant à Constantinople, que vous n'en disparaîtriez pas moins pour toujours; car votre police ne vous le laisse pas ignorer, depuis que vous avez affranchi vos serfs, la fièvre contagieuse de l'affranchissement a gagné votre propre bourgeoisie, qui, avec la propagande de la langue française et de ses livres, accumule une somme d'électricité civilisatrice dont la moindre étincelle vous foudroiera sous la décharge d'un nouveau quatre-vingt-neuf.

Et, du reste, vous pouvez être certain d'être foudroyé tôt ou tard, quoi que vous fassiez, car les meilleures choses de ce monde ont, comme les plus mauvaises, leurs inexorables fata : vous avez semé un affranchissement, il en poussera plusieurs autres qui, à leur tour, ne sèmeront pas en vain leur pollen fécondant.

Ne vous repentez point d'avoir été le van de cette semaille, car, bien que vous vous fussiez efforcé d'être le contraire, le même résultat n'en eût pas été produit moins tôt : la durée et les excès de toute tyrannie ne peuvent qu'enfanter des libertés violemment mises au jour.

Donc, gouvernement russe, — car vous n'êtes qu'un gouvernement et non une nation homogène, — vous avez en vous-même, comme chaque végétal a son ver rongeur, chaque animal son germe de mort; vous portez, dans votre absolutisme envahisseur, le ferment de dissolution qui, avant longtemps, quelques réussites que vous puissiez obtenir encore, désagrégera complétement votre empire.

Bien qu'il eût suffi de l'affranchissement de vos serfs pour constituer ce ferment de désagrégation, vous en avez encore un autre en vous dont l'effet n'est pas moins certain :

La Pologne.

La Pologne, que vous avez cru tuer et qui vous survivra.

Qui tue par l'épée sera tué par l'épée, ou par le seul souvenir de l'assassiné.

Cet affranchissement, chose bonne que vous avez concédée par pur machiavélisme politique, vous mènerait seul à la même fin, toujours par la logique ou l'engrenage inexorable de la même loi, dont les fata sont divins, ô sainte Russie!

Est-ce à dire qu'ici nous flétrissons d'un blâme outrageant votre persistance dans le rêve de Pierre 1er ?

Non : ce testament du czar charpentier, — testament dont vous niez en vain l'existence et l'authenticité, devant l'exécution fidèle de ses préceptes, — est véritablement une œuvre de géant, et la politique des exécuteurs testamentaires en est une continuation éminemment savante, une mise en pratique politiquement splendide.

La politique étant l'art de dominer les hommes, de les gouverner, vous avez chez vous de très-grands maîtres, ô Russie !

Et, par eux, vous êtes, plus encore que par l'étendue de vos territoires, la plus puissante des nations, — non, — des agglomérations politiques... pour un temps donné !

Mais ce n'est pas la politique qui fait vivre les peuples, puisque c'est elle qui tue leurs plus équitables aspirations.

Nous pourrions vous admirer comme gouvernement, si la morale ne nous forçait à rester votre adversaire.

Votre ambition, que nous comprenons et même qui se peut absoudre comme effet de l'envie inhérente à la nature humaine, nous ne la condamnons que comme un attentat à la loi philanthropique, à la loi divine et sociale, qui ordonne l'amour des peuples entre eux, la liberté de chacun des peuples chez soi, le contraire de votre fièvre d'envahissement.

Vos hommes d'État, qui sont presque tous, il faut le reconnaître, des politiques non moins distingués partout que dévoués à leur gouvernement, qui sont peut-être, en un mot, les premiers diplomates du monde, se trompent pourtant et grossièrement, en croyant tromper l'ère moderne par leur propagande de pseudo-protection religieuse.

Quel pourrait être le naïf ou l'ignare qui ne découvrirait, à première vue, votre ambition purement politique, derrière le masque de fraternité évangélique sous lequel, par exemple, vous défendez ce que vous appelez le droit des chrétiens d'Orient?

Quand vous avez encore l'audace de réclamer sans cesse, ou plutôt de faire réclamer, même à l'aide d'un congrès, *l'autonomie des chrétiens d'Orient,* qui ne sait que vous voulez détruire à votre seul profit l'autonomie des Ottomans?

O sacro-sainte Russie ! philanthrope de l'annexion jusqu'à l'extinction des peuples!

Tout le monde vous connaît :

Vous êtes l'âpre dévote de la collection ou l'absorption gouvernementale.

Mais, — et voilà bien ce qui fait que, même en admirant votre politique double, on en devient l'adversaire et l'irréconciliable ennemi, — c'est que, par le fait, vous trompez encore plus criminellement, que vous ne vous trompez grossièrement.

Qu'est-ce, en effet, que cette stratégie pseudo-religieuse qui, par unique convoitise de couronne, voudrait détruire non-seulement l'autonomie des peuples, dans leur foi séculaire, quelle qu'elle soit, au profit de votre pape, dit orthodoxe, votre Empereur?

A qui feriez-vous croire que vous aimez les chrétiens d'Orient, quand vous haïssez les catholiqués d'Occident. plus encore que vous n'exécrez les musulmans?

En fait d'amour religieux, vous n'aimeriez que Constantinople, parce que cette conquête donnerait à votre pape orthodoxe la catholicité du pouvoir hémisphérique.

Oui, Constantinople, sa position géographique et straté-
gique, voilà votre seul rêve, parce que c'est la porte !...

La porte par où vous voudriez passer pour venir, ô
pieux chrétiens moscovites, égorger, en même temps que
vos frères chrétiens d'Occident, la civilisation qui menace
votre christianisme, — bourreau des chrétiens polonais !

Heureusement, tous, peuples et gouvernements, voient
tout ce que vous faites et toutes les séditions que vous
soulevez contre cette Porte, qu'il faudrait être aveugle
pour vous laisser franchir !

Les Grecs, naguère lancés par vous, viennent de se
laisser piteusement arrêter : parce que vous n'êtes pas encore prête, ô Russie! à vomir sur l'Europe les hordes asia
tiques auxquelles sont destinés vos chemins de fer; vous
les avez adroitement lâchés, ces Grecs d'Athènes.

La Perse aussi, elle, s'est mise en marche à votre dis-
cret signal ; mais pour s'arrêter aussi, car elle se ferait
battre sur la frontière de la Turquie d'Asie, si elle ne ré-
fléchissait pas devant l'exemple des Grecs abandonnés par
vous.

Les principautés danubiennes et autres provinces de
l'empire ottoman sont incessamment agitées par des comi-
tés révolutionnaires qui, à l'insu des chefs conjurés
probablement, ne vivent que de vos subsides indirects.

Et, puisque c'est le cas de parler ici de la révolution
dite démocratique, dont quelques noms, Mazzini, Garibaldi, Hugo, crient aussi contre l'intégrité de l'empire ottoman, vous en jouez de cet instrument, la révolution démocratique, mais avec une adresse inhabile autant que celle
dont cette autre guitare vous sert ; car vous espérez réci-

proquement, l'une et l'autre, pouvoir vous assassiner après la victoire commune, lorsqu'il s'agira de partager le butin.

Rêve encore !... et rêve décevant des deux côtés !

La révolution, bien que menée ou prêchée par des intelligences et des bravoures hors ligne, en vous servant, se leurre d'un espoir irréalisable.

L'expérience devrait pourtant la mieux servir !

Qu'a fait naguère la révolution en Italie avec le sabre de Garibaldi ?

Un roi, rien qu'un roi, qui, de fait, s'est retourné contre la révolution, et qui ne la ménage encore, en paroles, que pour qu'elle l'aide à s'asseoir sur un autre trône, celui du vrai pape, ô Russie orthodoxe !

O Victor Hugo ! vous qui avez les inspirations du génie littéraire, pourquoi dédaignez-vous autant les conseils du bon sens politique et social ?

Vous qui êtes le pape indétrônable du romantisme, pourquoi ne cessez-vous de prêcher la croisade à ces nouveaux Velches, dont l'invasion veut détruire la religion, parce qu'ils disent qu'elle tient du roman ? le roman, votre unique papauté !

De grâce ! au nom de votre génie cher à la France, mettez donc moins de passion, de partialité dans le débat de ce que vous croyez aujourd'hui la vérité, puisque vous en avez mis jadis tout autant, et trop aussi, dans le procès de ce que vous reconnaissez maintenant pour des erreurs.

Car, rappelez-vous-le, vous avez été aussi fougueusement éloquent pour Charles X, après avoir été pensionné par Louis XVIII ; pour Louis-Philippe, qui vous a fait pair de France; contre la Révolution de 1848, que vous avez servie ensuite en 1851 ; vous avez été tour à tour aussi fougueusement éloquent pour ces différents monarques et ces différentes choses, que vous êtes, à cette heure, éloquemment fougueux contre les monarques d'Occident et d'Orient.

Nous nous souvenons forcément de vos variations, nous qui devons vous les rappeler; et cependant personne plus que nous ne vous aime, et même ne vous estime, ô lumineux maître, auquel il ne faudrait pas de disciples... en politique pratique!

Car, récemment encore, pendant la conférence sur le conflit turco-grec, vous vous laissiez prendre si naïvement au piége, que vous écriviez une nouvelle page constellée, étincelante de poésie, en faveur de la Crète, instrument, vielle, véritable orgue de barbarie dont joue la politique moscovite, pour piper les moineaux *francs* et autres.

Et quand on songe que vous êtes, ou devez être la plus perspicace des lumières de la démocratie moderne, ô mélodieuse et sublime dupe de la plus vieille des autocraties, de la Russe!...

Quoi qu'il en soit, vous êtes un grand poëte, que nous prisons grandement et profondément; mais, quoi qu'il en soit aussi, la démocratie s'égare à votre suite, ou plutôt, vous et elle vous vous égarez sur le même plan, car l'on ne peut savoir, au juste, qui, d'elle ou de vous, a le moins de suite dans les idées pratiques.

La révolution aidant au machiavélisme de Pierre Ier,

la démocratie européenne, voire la république des États-Unis, s'apprêtant à fournir des armes, des bras, des cœurs vaillants, au pouvoir le plus anti civilisateur, au joug, au Procuste du Nord, il faut vivre en notre temps pour assister au spectacle navrant de ces anomalies stupéfiantes !...

Mais, direz-vous, — ô dupes qui vous imaginez peut-être pouvoir duper votre nouvelle alliée de contrebande, — voulez-vous donc que nous venions plutôt en aide au Grand Turc?

N'anticipons pas, s'il vous plaît.

Vous saurez bientôt qu'il y a, *derrière la porte,* autre chose, et bien autre intérêt que le seul règne d'un sultan quelconque.

Pauvres grands principes de 89 !...

Il était aussi dans vos destins d'être traduits par les interprètes les plus divers, les plus contraires les uns aux autres, et même à vous-mêmes.

Traductore, tradittore!

Notez bien, lecteurs intelligents, que ce qu'il y a de plus étrange dans les interprétations différentes des principes de 89, c'est que les meilleures, les plus fidèles de ces traductions, ne viennent ni des hommes ni des pays soi-disant démocrates de nos jours, mais de quelque gouvernement dit pouvoir absolu.

C'est, en effet, bien que cela paraisse une amère ironie, et bien que ce soit pourtant une vérité indéniable, un sultan qui, avec la tradition, applique le mieux ces principes.

Ainsi, la démocratie la plus égalitaire préside au choix

que ce souverain omnipotent, ce gouvernement personnel, s'il en est, fait des hommes avec lesquels il partage le pouvoir :

Longtemps avant qu'en France les principes de 89 n'eussent jeté à bas les prétendus droits de la naissance, tout sultan prenait pour ministre, même pour grand vizir, des hommes ne devant uniquement leur élévation subite qu'à l'intelligence, au talent, au mérite personnel.

L'aristocratie du talent, n'est-ce pas la seule et meilleure démocratie?

Dans presque tous les autres pays du monde, il en est autrement : en Russie, en Prusse, dans ces deux gouvernements qui rêvent et opèrent leur agrandissement au préjudice du reste des États, le préjugé de la naissance est la seule aristocratie reconnue et jugée digne, fût-elle incapable.

En Turquie, au contraire, ce qui est et fut toujours rare, c'est un grand dignitaire de l'empire ayant des aïeux, de même qu'un ménage dont la fortune vint de la femme. Les Ottomans, que la fausse pruderie européenne accuse volontiers d'immoralité, parce que la polygamie a été concédée, dans le principe, pour l'accroissement de la population, les Ottomans, presque tous, regarderaient comme une humiliation, la richesse qui leur serait apportée par une femme.

Le dernier de ces croyants, que les prétendus civilisés traitent encore de barbares, s'estimerait presque outragé dans sa dignité d'homme s'il devait à une autre cause qu'à celle de l'amour ou à la force des circonstances le partage usufruitier d'une dot appartenant à l'épouse :

Or, les premiers des Occidentaux n'ont pas tous, que nous sachions, ce rigorisme, eux dont neuf sur dix sont des coureurs de dot ou des entretenus, disculpés par l'usage et la loi.

Mais laissons un peu cette réalité sociale pour revenir au rêve politique dont bien à tort, selon nous, on voudrait prêter les vues téméraires au Gouvernement actuel de la France.

Napoléon III, qui peut, comme tout homme d'État, avoir ses erreurs et fournir prétexte à l'opposition énergique de ses adversaires, a cependant trop prouvé sa force intellectuelle comme chef de l'État ou souverain depuis 1848 pour que, tout à coup, on puisse, avec vraisemblance, l'accuser d'une faute qui mettrait en péril et sa propre dynastie et la nation et même l'Occident.

Ses ennemis ont beau faire et beau dire, chacun est obligé de reconnaître que, depuis vingt ans, il gouverne la France avec une vigueur qui, pour être dénigrée par l'esprit des partis, n'en est pas moins seule et unique maîtresse.

Or, que peut être une semblable puissance, pendant un tel laps de temps, sinon une preuve indéniable de ce qu'on nomme génie gouvernemental?

Comment voudrait-on que près de quarante millions d'âmes, qu'un aussi grand peuple à la tête de la civilisation moderne, pussent supporter ainsi le pouvoir d'une tyrannie ou d'une incapacité?

Cette supposition est non-seulement irrationnelle, mais déraisonnnable: elle humilie la France!

Joseph de Maistre a dit : un peuple a toujours le gouvernement qu'il mérite.

Nous ajouterons : un peuple qui se plaint de son gouvernement n'est point à plaindre, mais à mépriser.

Donc, le peuple français, ne pouvant jamais être méprisé malgré ses défaillances passagères, Napoléon III, avec lequel, du reste, tous les gouvernements et tous les peuples du monde sont forcés de compter, n'est pas plus aveugle aujourd'hui qu'il ne l'était lorsqu'il fit la guerre de Crimée, à propos de la question des lieux saints.

La question, quel que soit son prétexte ou son titre, est encore et toujours la même : ce n'est pas la question d'Orient, comme le vulgaire ou la routine la nomme, c'est l'ambition moscovite.

Voyons maintenant le rêve de l'Empire allemand.

On sait ce que M. de Bismark a déjà fait.

Mais on serait bien fou de s'imaginer qu'il en pourrait faire beaucoup plus.

Voyez le mécontentement de tous les petits États lésés, le commencement de la fin n'est pas loin. L'Autriche et la Hongrie non plus ne lui peuvent, comme nous, permettre une extension incessante, comme il la rêve.

Il a aussi contre lui sa part de Pologne, c'est-à-dire son cancer en pleine poitrine, qu'on ne l'oublie pas !

Et puis, regardez de plus près ce grand homme :

Puisqu'il se laisse aller à la forfanterie, parce qu'il compte sur la sincérité, sur le désintéressement de l'alliance russe, ce n'est pas un vrai grand homme ; car, en supposant que la Russie et la Prusse fussent un jour maîtresses de la France, — or, c'est la France qui les gêne

et qu'elles convoitent en fin de compte, — il manquerai
encore une victime à l'hécatombe et ce serait la Prusse
qui, à son tour, serait annexée à l'Empire du colosse aux
pieds de neige.

Ne pas voir cela, c'est être myope et un faux grand
homme d'État.

Donc, si M. de Bismark a réussi jusqu'à présent, par
excès d'audace ou parce que la France avait ses raisons
pour le laisser faire, sachant bien comment l'arrêter à
temps, l'heure approche, et les temps sont venus !

Cependant, et malgré toutes leurs protestations en faveur
de la paix, la Russie et la Prusse sont loin de renoncer à
leur rêve de conquête, d'annexion.

Ce rêve est leur existence même; car s'ils n'entretenaient
pas l'esprit de leurs peuples par l'attente et les préparatifs
de la guerre, ces gouvernements seraient bientôt minés
par les progrès de la paix qui leur vaudraient la révolution chez eux.

Car les gouvernements de Prusse et de Russie ont cela
d'opposé à la France, que plus celle-ci pourra avoir de
paix, plus elle sera grande et prospère et forte, tandis
qu'eux, fondés sur le droit ancien, doivent tomber dès
qu'ils laisseront à leurs peuples le loisir de vouloir et
d'apprendre le droit moderne.

Ces gouvernements n'étant point issus du suffrage universel, — et voilà pourquoi d'abord ils en veulent à la
France, — en sont encore, par leur essence même, à l'ère
rudimentaire de la conquête.

Or, l'ère de la conquête, aujourd'hui, pour quelque gouvernement que ce soit, s'il n'y est provoqué, c'est un anachronisme, c'est un signe, un germe fatal de mort.

Donc, si la France le veut, si elle sait se conduire, — et elle le saura, quoi qu'en pensent les contempteurs de son Gouvernement, — Gouvernements de la Russie et de Prusse ne pourront que courir au-devant de leurs destins qui sont porteurs d'une transformation à la française.

Il faudrait être insensé pour n'en pas être certain.

L'un et l'autre de ces Gouvernements ne peuvent se dispenser — dès que la Russie s'y croira prête — de tenter par les armes la réalisation de leur rêve fatal, et elles ne le peuvent que par le moyen des alliances.

Quelques publicistes ou plutôt feuillistes, théoriciens de fantaisie acrobatique, ont aussi conseillé l'alliance franco-prussienne.

Si M. de Bismarck pouvait, — mais il ne le peut, — abandonner sa politique de casse-cou, qui est sa seule et unique raison d'être ce qu'il est devenu, — cette alliance serait peut-être, en effet, la plus promptement efficace; car la Prusse, première puissance militaire, organisée — après la France, — la Prusse pourrait immédiatement, par sa seule alliance avec nous, servir la civilisation, à ce point que dès le premier geste belliqueux de la Russie, celle-ci serait irrévocablement détruite ou repoussée à jamais dans ses possessions d'Asie, dont il lui faudrait enfin se contenter.

Alors la Prusse trouvant satisfaction d'agrandissement sur le territoire moscovite, — et c'est là seulement qu'est sa possibilité d'extension normale, — la Prusse n'aurait plus à tourmenter ses voisins d'Europe centrale, les petits gouvernements confédérés ou à confédérer; elle pourrait et devrait même effacer la mémoire du crime auquel elle a participé, aider la Pologne à revivre dans l'intégrité de son territoire.

Elle pourrait et devrait également ainsi nous restituer nos frontières naturelles, les provinces Rhénanes et s'asseoir à jamais comme la première nation continentale, après la France ou sur le même plan.

Voilà quels seraient son devoir et son intérêt réels.

Mais cela est-il possible actuellement avec un inspirateur comme M. de Bismark, qui croirait se démentir, et qui, à force d'ambition aveugle, devient crédule aux suggestions russes, estimant la quantité, préférable comme alliance, à la qualité, et conséquemment, fatalement s'alliant à la Russie, qui, — on ne saurait trop le dire, — le lendemain d'une victoire définitive avec elle, voudrait encore vaincre, cette fois, contre la Prusse elle-même, et, pour fin de compte, se l'annexerait.

Qui ne vit que d'annexion mourra par l'annexion!

Qu'on relise le testament de Pierre, et l'on se convaincra que la dernière alliée de la Russie finirait par en être la dernière victime.

La Russie et la Prusse étant actuellement alliées contre la France, l'une pour englober l'Autriche dans son empire d'Allemagne, l'autre pour avoir d'abord Constantinople, puis la France et toute l'Europe;

L'Italie hésitant à ne pas se mettre du côté de la Prusse, pour avoir Rome, que la France ne *peut* pas lui promettre, il s'ensuit que la France n'a plus guère d'autres alliances faciles, sur le continent, qu'avec l'Autriche et les quelques petits États lésés ou menacés par le complot Russo-Prussien.

De tout ce complot contre la civilisation, le seul et premier objectif est, on le comprend, Constantinople.

Là et là seulement, en effet, est la clef ou la porte de la *puissance du monde*, comme l'a dit Pierre Ier.

Donc, c'est le premier point sur lequel la France et l'Autriche doivent s'entendre pour le défendre ensemble.

Peut-être, et nous le croyons, se défendrait-il bien tout seul; mais il est de l'intérêt de l'Autriche et du devoir de la France de l'aider à ne pas être, même un seul instant, en péril.

L'Angleterre n'a pas besoin pour cela qu'on lui demande son concours : il est acquis et tout dévoué à cette tâche qui seule peut empêcher la Russie de devenir également la première puissance maritime du monde. L'Angleterre sait que Constantinople, la Turquie, voilà ce qu'il faut, — et à tout prix ! — sauver des griffes que l'alliance Prusso-Russe étend vers l'Orient pour enserrer le monde.

C'est la question dite d'Orient qui reste à résoudre et qui *veut être promptement résolue*, car les temps sont venus, puisque la *Russie sera bientôt prête*. Il ne faut pas attendre cette heure funeste; la première étincelle en Europe, d'où qu'elle parte, peut allumer dès maintenant cet immense incendie de tout le continent.

Il faut, sous peine de mort pour la civilisation occidentale tout entière, que l'intégrité de l'Empire ottoman sorte saine et sauve et complète de cet incendie tôt ou tard rendu inévitable par l'ambition Russe.

L'Empire ottoman, on l'a vu, trouverait, au besoin, sa raison d'être et de durer dans notre propre existence : lui mort, nous ne serions plus en vie, de cette vie qu'il faut à la civilisation pour qu'elle subsiste.

Examinons donc et ce qu'il est actuellement et ce qu'il sera bientôt.

Politiquement, cet empire, que des malins comme le tzar Nicolas, ou des fous comme les folliculaires perroquets, ont appelé un *cadavre*, est réellement si peu malade, que nulle de toutes les nations qui se croient en bonne santé ne pourrait résister comme il résiste aux innombrables attaques dont il a été et reste l'objet depuis Pierre le Grand.

A part la France, l'Angleterre et l'Autriche, il a présentement contre lui, avec la Russie, la révolution fourvoyée, les Grecs impuissamment insatiables, ses propres provinces danubiennes, la Serbie, le Monténégro, la Perse Russifiée, et enfin le reste des troupeaux humains parqués sous la conduite de loups déguisés en bergers.

Et si la Russie est de plus en plus acharnée contre ce prétendu cadavre, c'est qu'elle le voit accomplir des progrès si rapides en civilisation, qu'elle sent le besoin de se hâter, parce que bientôt elle ne pourra plus même le calomnier : tant il devient de jour en jour plus nécessaire au maintien de la conciliation entre les diverses communions religieuses en Orient. La Russie comprend qu'il faudrait passer sur ce cadavre pour arriver à *orthodoxiser* ces magnifiques contrées. C'est, en effet, — destinée

étrange,— l'islamisme qui, en Orient, protége le catholi-
cisme contre le schisme greco-russe.

Et malgré tout cela, ce prétendu cadavre résiste, existe
et subsistera !

Géographiquement, cet empire, un des plus beaux
sinon le plus beau de l'univers, véritable porte gardienne
de l'Europe, est, rien que par la richesse de son sol et la
douceur de son climat, le paradis terrestre du monde
connu.

Oh ! sainte Russie est connaisseuse !...

Elle n'a pas plus mauvais goût en voulant le conquérir
que les musulmans qui le veulent conserver.

Mais, bien que les Russes se disent chrétiens et fassent
dire par les Grecs que les Turcs ne valent pas les Cosaques,
l'histoire et l'expérience prouvent que les plus rustres des
musulmans sont plus patriarches dans leurs coutumes,
même selon la Bible, que les Moscovites les plus citadins
ne sont au fond nazaréens selon leur propre évangile.

Les Grecs actuels et autres intéressés à exciper de la
prétendue civilisation ont beau évoquer sans cesse le fan-
tôme usé du vieux fanatisme musulman, on sait, par des
preuves indéniables et constantes, que nul peuple n'est
plus paisible, plus tolérant, plus doucement assoupi dans
la béatitude de son existence facile, voluptueuse et clé-
mente, rien que par l'air parfumé de son ciel calme, que
le bon et trop bon peuple ottoman.

S'il a toujours foi dans les lois de son prophète, qu'il
soit dans l'erreur ou dans la vérité religieuse, quel est le
vrai chrétien, le catholique intelligent qui, de notre temps,
pourrait lui en vouloir de garder sa foi dans les lois de

l'Islam, quand une des moins belles de ces lois, « à qui te
» jettera la pierre, ne jette que du pain, »

N'est que la paraphrase, avec une forme peut-être un
peu plus poétiquement orientale, de la parole du Christ :

« Fais du bien à qui te fait du mal. »

Mais laissons la religion de côté.

Bien qu'un illustre philosophe, un vrai père du néo-ca-
tholicisme moderne, Lamennais, ait dit : « Toutes les reli-
» gions sont fausses, la religion seule est vraie, » la religion, c'est-à-dire la foi consciencieuse, quelle qu'elle soit,
laissons la religion de côté, quand il ne s'agit que de politique et de nationalité.

Que chaque peuple, comme chaque homme, garde sa
foi, quelle qu'elle soit !

Pourvu qu'il en ait une et qu'il la conserve, la morale
humaine et divine sera respectée, et cela suffit ; car le respect et l'amour de Dieu, sous quelque forme, dans quelque langue et sous quelque rite que ce soit, demeure toujours le respect et l'amour du prochain.

Si l'on dit que le peuple musulman est encore et toujours fanatique, — or, c'est l'unique reproche grave qu'on
ose lui faire, et on le lui adresse sans un motif plus sérieux
que celui de l'accusation d'hydrophobie dont parle le pro-
verbe :

« Quand on veut tuer son chien, on le dit enragé. »

Quels sont, en effet, ceux-là qui se plaignent ou argu-
mentent de ce fanatisme en baudruche ?

Les chrétiens !

Mais sont-ce les chrétiens d'Occident ?

Non point : ce sont les chrétiens grecs !

Or, les chrétiens grecs faisant réclamer leur autonomie, c'est tout simplement la Russie, qui, sous un prétexte de religion, voudrait régner là comme elle le voudrait ailleurs aussi, sous un autre prétexte de race, le *panslavisme !*

Et quand sa diplomatie, appuyée par celle de la Prusse, s'ingénie, — ce qu'elle faisait encore hier, — à libeller des arguties captieuses à l'encontre de la nouvelle loi sur la nationalité ottomane, — comme si tout peuple n'avait pas le droit de promulguer telle loi intérieure qui lui semble propre à déjouer les complots de l'ennemi ! — quand la Russie, faisant cette tentative auprès de tous les cabinets qui la repoussent, est ainsi reprise la main dans le sac, qui oserait nier son but ?

Est-ce du fanatisme musulman que de deviner cette rouerie moscovite qui, en voulant la susdite autonomie des chrétiens, voudrait établir un autre État dans l'État ottoman, pour que celui-ci ne pût plus exister, et pour qu'il fît place à l'empire czarien ?

Un peuple doit toujours avoir son autonomie, certes ; mais une secte quelconque, religieuse ou philosophique, ou politique, jamais !

S'imagine-t-on les Israélites réclamant leur autonomie quelque part ? et cependant ils sont partout !

Voit-on les protestants en France, et les catholiques en Angleterre ou dans l'Allemagne, vouloir faire cet État dans l'État ?

La Russie accorde-t-elle l'autonomie à ses sujets non orthodoxes ? Les catholiques de Pologne sont là pour attester quelle autonomie russe leur a été octroyée avec la mitraille et la fusillade ! Et les tartares de Crimée, d'origine musulmane, n'ont pas été moins frappés de la même LIBERTÉ religieuse !

Non : cette rouerie cosaque est vieille comme le moyen âge, à la friperie duquel elle a emprunté son principe.

Fanatisme musulman, le droit que garde le sultan de ne pas laisser le roi des Hellènes et le czar du Kremlin venir empiéter chaque jour sur le territoire ottoman ?

Voilà une argumentation plaisante dont peuvent être dupes les seuls esprits sans entendement.

Quand une secte religieuse ou autre, ambitieuse de s'imposer abusivement, se révolte à main armée contre le gouvernement d'un pays quelconque, et quand surtout cette secte n'est que l'arme, l'instrument d'un autre gouvernement voisin, encore plus ambitieux qu'elle, est-ce que le gouvernement du pays attaqué est fanatique de se défendre et de triompher?

Cela ne se discute pas!

Mais ce fanatisme musulman, qu'on invoque sans cesse auprès de la civilisation occidentale, *pour la tromper*, comment pourrait-on bien le concilier avec les réformes et les progrès qui s'accomplissent chaque jour dans l'Empire ottoman?

Car, enfin, l'Empire ottoman a fait, depuis trente ans, plus de progrès que l'Europe civilisée, que la France elle-même n'en ont fait en plusieurs siècles !

Cet empire, autrefois hermétiquement fermé, comme celui de la Chine, aux progrès européens, a marché depuis la première impulsion du sultan Mahmoud et celle du grand vizir Réchid Pacha, dans la voie rapidement ascendante des lumières occidentales.

Si rapidement, qu'aujourd'hui la Turquie, par le droit de possession qu'elle concède chez elle aux étrangers, appelle le commerce, l'industrie et la science et les arts de tous les coins du globe.

A Constantinople, il y a, entre autres preuves de progrès :

Un lycée considérable, avec des professeurs de l'Université française ;

Un observatoire avec des astronomes européens;

Des journaux nombreux et d'opinions très-avancées ;

Une école militaire, organisée sur le modèle français;

Des tribunaux avec la jurisprudence moderne, et un conseil d'État comme le nôtre ; tous les journaux de l'Europe viennent de publier un remarquable discours prononcé, le 6 du présent mois de mai, par le sultan lui-même, devant ce conseil d'État. Ce discours n'est pas seulement une grande et belle page, écrite avec art et conviction, c'est un fait, un progrès de la plus haute portée philosophique et sociale, un résumé de pensées sublimes exprimées avec une éloquence aussi saisissante par le fond que modeste par la forme ; en ce moment même, des jurisconsultes sont chargés de former un code ottoman complet comme le code Napoléon ;

Il y a des théâtres pour ainsi dire parisiens;

Des administrations publiques et privées, où des chrétiens, des catholiques ont les premiers et les meilleurs emplois ;

Des établissements industriels et commerciaux fondés par des élèves de tous les pays;

Enfin, dans le gouvernement ottoman lui-même, il y a des chrétiens, des catholiques qui sont ministres, ambassadeurs, chargés d'affaires;

Presque tous les hommes qui sont aujourd'hui quelque chose dans l'Empire ottoman sont venus faire leurs études soit dans les académies, soit dans les chancelleries parisiennes.

Après avoir tenu leur place au premier rang et brillé au centre de la civilisation, ils en ont remporté l'éclat propagateur aux extrémités les plus lointaines de leur pays, qui, aujourd'hui, n'a rien de moins que nos grandes villes, si ce n'est peut-être le plus indéracinable de nos défauts parisiens : la futilité vaniteuse.

En face de toutes ces vérités patentes, que devient donc ce reproche menteur de fanatisme endurci, qui resterait sourd à toute conciliation avec le progrès?

Ce reproche devient ce qu'il n'a jamais cessé d'être, une calomnie intéressée;

Calomnie non-seulement intéressée, mais maladroite, car, pour ceux qui n'ont pas visité l'Orient, il y a toujours et partout, en Europe comme à Paris, visibles et accessibles à tous, il y a de nombreux Ottomans, dont la meilleure société apprécie et recherche à juste titre le commerce agréable et utile.

Entre la Russie qui peut se distinguer par l'adresse et la circonspection de sa diplomatie et la Turquie dont les défenseurs pèchent peut-être par un excès de confiance, telle en leur bon droit que cela devient de l'indolence naïve, les civilisés intelligents et justes ne peuvent hésiter.

Cependant nul de ceux qui connaissent l'Orient ne

s'y trompe : il y a en Turquie, et plus que partout ailleurs, des hommes d'État dont les ressources intellectuelles
sont aussi riches et fécondes que le sol de cette contrée est
fertile en toutes sortes de trésors.

Sans vouloir remonter ici jusqu'à la personne du sultan
Abdul-Azis, dont, lors de notre grande Exposition de 1867,
l'arrivée en France fit la sensation qu'on se rappelle, et
dont chaque édit nouveau est une nouvelle et brillante
preuve de la haute portée morale, il y a en Turquie, dans
la vie publique et dans la vie privée, de véritables étoiles,
comme disent les feuillistes du boulevard, des distinctions
intellectuelles en trop grand nombre, pour qu'on songe à les
nommer ici. Il y a surtout un grand dignitaire, le grand
vizir et ministre des affaires étrangères actuel, auprès duquel l'éclat de nos plus grands hommes d'État modernes
et Européens, fussent MM. de Cavour et son diminutif
Bismark, pâliraient sous l'examen d'un regard vraiment
expert.

Aali-Pacha, comme grand vizir et ministre des affaires
étrangères, est, en effet, un éminent personnage dont le
génie politique et même littéraire mérite ce qu'en disait
récemment un de nos journaux français les plus autorisés :

« Le magnifique rapport qu'il publiait, l'an dernier, sur
sa mission en Crète, se termine par des *pages* et des *faits*
qui sont d'un Solon du progrès moderne :

« Maintenant, dit Aali-Pacha, les populations crétoises
» elles-mêmes participent aux affaires publiques, dans
» une mesure égale à ce qui se pratique dans les pays les
» plus avancés en civilisation.

» Elles ont le droit de contrôler l'impôt, par l'organe
» de représentants ; ces représentants sont nommés par le
» SUFFRAGE UNIVERSEL dans chaque commune; ils forment
» les conseils particuliers de chaque district, et, par leur
» élection, le Conseil général qui discute les intérêts de
» l'île entière.

» Une JUSTICE ÉLECTIVE tranche les contestations privées,
» punit les délits et les crimes et sauvegarde la fortune et
» l'honneur des citoyens.

» Le régime politique et administratif que j'ai appliqué
» à la Crète est celui du *Self Government*, dans la plus
» DÉMOCRATIQUE acception de ce mot. »

« Cela était écrit et publié en date du 1er mars 1868,
alors que, depuis plusieurs mois déjà, ce régime avait été
fondé, inauguré, appliqué en Crète par Aali-Pacha.

» A présent, on voit combien les Russo-Grecs d'Athènes
étaient autorisés à violer le droit international, à ravitailler
l'insurrection crétoise!... »

Si M. de Cavour, qui a fait l'Italie, encore à refaire, si
M. de Bismark, qui a cru faire la Prusse bientôt défaite,
sont appelés de grands hommes d'État, comment appelle-
rait-on ce grand-vizir, ce musulman qui organise le SUF-
FRAGE UNIVERSEL et la DÉMOCRATIE véritable, conséquemment sans révolution ni désordre, au sein de l'Empire
ottoman ?

Si quelques lecteurs demandent comment il se peut
faire qu'avec de tels hommes, l'Empire ottoman n'ait
point encore atteint au degré de puissance et de stabilité
qui le puisse préserver de toutes les compétitions et con-
voitises dont il est entouré, menacé, comment il peut se

faire qu'il ait encore besoin de la protection de ce traité de 1856, et du soi-disant concert européen,

La réponse sera péremptoire :

C'est uniquement à son excès de modestie, de bonne foi, de bonté, de longanimité, de confiance en son droit, qu'est due cette prétendue protection.

Et c'est à cette sorte de protection que sont dus uniquement tous les embarras dont souffre cet empire.

Le récent conflit turco-grec en fournit une des mille preuves irrécusables.

Tel serait, en effet, sous vos yeux, paisible en la demeure de ses pères, un vigoureux athlète qui ne demanderait qu'à rester dans sa mansuétude ; mais il a deux voisins aussi faibles et jaloux qu'ils sont turbulents et qui viennent sans cesse le troubler, l'attaquer jusque dans son foyer dont ils lui disputent la propriété.

Notre athlète n'aurait, à leur approche, qu'à se lever, fermer le poing et le laisser retomber sur eux pour les terrasser ; le moindre geste de sa colère le débarrasserait d'eux à jamais ; il a le droit et le pouvoir de vivre sa vie paisible, en ses pénates propices, jusqu'au sein desquels on le vient relancer ; néanmoins, lorsqu'il veut se faire justice, comme il le peut et comme tout autre le ferait en ses lieu et place, aussitôt quelques autres voisins moins proches arrivent, viennent se mêler de l'affaire et lui tenir ce discours simple, mais en un langage plus double :

« Un peu de patience encore, comme vous en avez eu
» toujours ! ceux qui vous cherchent querelle ont tort et
» méritent correction ; mais laissez-nous, pour vider le
» différend, établir un tribunal, comme si vos agresseurs

» étaient supposés capables de raisonner ; nous sommes
» vos protecteurs! »

Et, bientôt, tout en reconnaissant l'irréfragable droit
de notre athlète, les protecteurs, après avoir blâmé la vio-
lation de son domicile, mais blâmé avec tous les ménage-
ments oratoires, tolèrent encore les criailleries, les aboie-
ments des voisins ou susdits roquets provocateurs, et c'est
encore la longanimité, la générosité, voire la bourse de
l'attaqué, reconnu magnanime qui paye les frais du conflit.

Voilà comme quoi, par cette prétendue protection,
l'Empire ottoman est souvent privé de la meilleure des
protections, celle de sa propre force et de son bon droit,
les seules qui puissent forcer ces ennemis à rester enfin
tranquilles ; et voilà pourquoi ses ennemis non corrigés
restent incorrigibles, parce qu'on les soustrait imprudem-
ment à la correction méritée.

Oui, cet athlète et cet empire, c'est *unum* et *idem*, car la
protection dont ils *jouissent* — ô ironie du mot! — est une
tutelle qu'ils supportent par excès de bonhomie, comme
le bœuf robuste qui creuse les sillons producteurs souffre
que le joug lui soit imposé même par un frêle enfant ;
tutelle dont ils souffrent aussi d'autant plus que, d'abord
inutile, elle devient quelquefois nuisible, en ce sens que,
parmi les puissances qui tiennent les lisières, comme pour
empêcher le pupille de tomber, une d'elles, à laquelle les
autres voudraient ingénument ne pas déplaire, se plairait
bien, elle, à les passer autour du cou du pauvre pupille,
ces lisières, pour l'en étrangler!

Et, néanmoins, le principe de ce protectorat est bon, —

le principe, entendons bien ! — car, s'il était appliqué à tous les États de l'Europe par un tribunal diplomatique toujours siégeant et toujours compétent pour tous les différends internationaux, il n'y aurait bientôt plus de guerre en Europe.

Toutes les nations se réunissant ainsi par des représentants au congrès et promettant, jurant de se liguer toutes ensemble contre celle qui voudrait la guerre au lieu de la sentence du tribunal, les combats deviendraient bientôt inutiles et aussi impossibles que les annexions iniques.

Mais, hélas ! cette idée éminemment juste et civilisatrice, bien qu'elle ait été mille fois prônée depuis l'abbé de Saint-Pierre, qui l'avait éloquemment émise, ne sera jamais appliquée pour le bonheur des peuples, tant qu'il y aura des gouvernements toujours ambitieux.

Oui la paix perpétuelle, cette idée on ne peut plus réalisable, par la diplomatie établissant ce tribunal des nations, est la synthèse dont les peuples civilisés devraient enfin imposer la justice à leurs gouvernements !

Toutes les nations, représentées chacune par un juge à ce tribunal, et se liguant toutes contre celle qui voudrait la guerre, encore une fois, il n'y aurait plus de ces duels barbares entre les nations.

Voyez-vous, à un moment donné, toute l'Europe contre la Russie ou contre la Prusse, dès qu'elles voudront la guerre ?

Elles seraient bientôt réduites à leur dernière expression, c'est-à-dire astreintes à devenir françaises par la paix civilisatrice.

Et contre la renaissance possible de l'hydre de la guerre, on verrait la Turquie, *boulevard de la civilisation occi-*

dentale, selon Lamartine et selon tous les penseurs, —
contre-poids de la Russie en Europe, selon Napoléon Ier,
— *amie, alliée naturelle et toujours fidèle* de la France,
selon François Ier, — on verrait bientôt la Turquie devenir
un autre centre fécond de cette civilisation qui, par l'application de cette équitable synthèse, en assurant l'intégrité de l'Empire ottoman, aurait assuré l'intégrité de
toutes les autres nationalités.

Que si la guerre, ce mal de la barbarie dure encore
longtemps, les peuples n'auront pas le droit de s'en plaindre ; car — il faut encore ici répéter cette vérité — un
peuple qui se plaint de son gouvernement est non à
plaindre, mais à mépriser !

Quoi qu'il en soit, et dans l'état actuel des choses, *le
tribunal des Nations* n'étant point encore établi, bien qu'il
ait été proposé par Napoléon III lui-même, en 1864, et
quelques gouvernements de l'Europe ayant, de plus en
plus, une ambition frémissante d'impatience, les temps
sont venus, pour l'Europe entière, d'aviser aux alliances
qui peuvent la soustraire à la réalisation du rêve testamentaire de Pierre Ier.

Les temps sont venus, parce qu'il ne faut pas attendre
que la Russie ait ses chemins de fer prêts à transporter
ses innombrables hordes asiatiques jusqu'aux portes de
Paris. Voir, à la fin de cette brochure, un extrait de *la
Russie et l'Angleterre en Asie,* par l'émir Abdoul-Rhaman-Khan.

Il faut donc conclure :
Toute nation occidentale qui, pour combattre une autre

nation, s'allierait à la Russie, s'amoindrira au seul profit de cette dernière, qui, plus tard, la vaincra.

Avis à la Prusse, qui n'aura que ce qu'elle mérite, et qui l'aura !

Avis surtout à notre chère France !

La Russie ne veut que faire de la Turquie ce qu'elle a fait de la Pologne.

Dès que la Russie serait à Constantinople, comme elle est à Varsovie, elle serait maîtresse de l'Europe, Pierre Ier, avait raison de le dire.

Ne pas comprendre cela, espérer en sa propre force isolée pour empêcher ce résultat mathématiquement fatal, c'est être ignare et inepte.

Napoléon III, qui naguère affirmait son éminente intelligence de la politique extérieure en coulant à fond l'ambition avec la marine moscovites, dans le port de Sébastopol, Napoléon III ne démentira pas cette politique, la seul prudente et bien avisée, qui, datant de François Ier, peut seule aussi assurer, avec la civilisation progressive, l'avenir de la dynastie du second Empire.

Quelles que soient les promesses, les cajoleries, les avances, les signatures et même les gages de la Russie, l'histoire, l'expérience attestent que l'alliance franco-russe, contrat basé sur un leurre, dont chacune des parties croirait duper l'autre, amènerait un divorce qui se terminerait bientôt par l'assassinat dont la civilisation serait la première victime.

Mais, — autre avis, même au Czar ! — Peut-être avant ce meurtre final, la malheureuse Europe en verrait-elle s'accomplir un autre, sous la colère des peuples qui voudraient se venger de leurs gouvernements incapables ou

indignes, un autre plus terrible dans sa rage, la révolution, de l'Occident à l'Orient, commençant le cataclysme
par l'incendie des trônes dont l'ambition l'aurait allumé.

Les temps sont donc venus de résoudre la question :
Être ou ne pas être !

Encore un coup, il faut ne pas attendre que la Russie
soit prête...

Est-ce à dire que la France doive se mettre immédiatement en campagne?

Mieux vaudrait qu'elle fît, encore une fois, un appel
solennel aux nations, pour fonder *l'Aréopage de la paix.*

Si tous les gouvernements ne lui faisaient pas une réponse satisfaisante, elle aurait du moins ainsi pour elle
tous les peuples, et la guerre, dans ces données, ne serait
pas longue !

Napoléon III, qui a déjà tenté cette philanthropique en-
treprise, ne pourrait, en l'essayant de nouveau, même à
défaut de réussite, que s'attacher étroitement ainsi la
reconnaissance de toutes les nations européennes, ce qui
compenserait largement l'ingratitude de quelques partis
plus ou moins patriotes.

Et, puisque les élections générales vont avoir lieu, si
tout électeur français entendait bien le véritable intérêt
de la véritable démocratie, il s'occuperait, non à chercher
des avocats et des folliculaires démagogues, pour les dé-
guiser en députés de l'opposition systématique, mais à
trouver des candidats franchement patriotes qui com-
prissent que, pour produire la prospérité intérieure, il faut
d'abord détruire les dangers extérieurs, et que, conséquemment, parler et voter contre la vieille politique moscovite, c'est agir pour le progrès.

Avis au peuple qui ne veut plus être de la chair à canon ! celui-là seul est digne des suffrages du peuple qui sait plutôt défendre la vraie politique des peuples que systématiquement accuser l'indispensable autorité dont le devoir et le droit serrent le frein des machines surchauffées de la fausse démocratie.

FIN.

ANNEXES

« Voilà pourquoi nous pensons que si l'Europe était éclairée sur la situation que les derniers événements ont créée sur les bords de l'Oxus, elle aurait certainement oublié ses querelles domestiques pour se préoccuper de ce redoutable péril qui menace son indépendance. Car enfin il ne s'agit plus ici de l'annexion de telle province ou de la conquête de telle ville ; c'est *l'enrôlement universel* de toutes les hordes de l'Asie, c'est la reproduction habile et savante de ces débordements de torrents humains dont les souvenirs font frémir encore l'Europe et l'Asie.

» Si quelques esprits peu clairvoyants doutent encore de la possibilité de pareils événements, cela ne doit pas nous étonner.

» Lorsque Pierre le Grand construisait sa première barque, personne n'aurait pu soupçonner qu'un jour l'escadre de Cronstadt irait brûler dans l'Archipel la flotte ottomane. L'Europe du siècle passé ne s'est émue ni de la fondation de Pétersbourg, ni du partage de la Pologne, ni de l'apparition des Russes dans les provinces du Caucase. Aujourd'hui l'aveuglement nous paraît plus profond encore.

» Pendant que vos hommes d'État sont occupés à discuter les affaires du Luxembourg, de Rome et de Monténégro, l'Empereur Alexandre fait poser en silence, au centre de l'Asie, le fondement non pas d'un autre Pétersbourg, mais d'une Russie nouvelle, Russie asiatique, véritablement barbare, qu'on ne daignera pas regarder jusqu'à ce que, réunissant toutes les forces de l'Asie, elle vienne se présenter à l'Europe avec ses millions de soldats armés de tous les moyens de la civilisation et commandés par l'exécuteur de ce fameux testament que vos peuples d'Occident n'ont pu comprendre qu'après un siècle de fautes, d'hésitations et de faiblesses.

(La Russie et l'Angleterre).

TESTAMENT POLITIQUE

DE PIERRE LE GRAND

Le grand Dieu, de qui nous tenons notre existence et notre couronne, nous ayant constamment éclairé de ses lumières et soutenu de son divin appui, me permet de regarder le peuple russe comme appelé, dans l'avenir, à la *domination générale de l'Europe*. Je fonde cette pensée sur ce que les nations européennes sont arrivées, pour la plupart, à un état de vieillesse voisin de la caducité, ou qu'elles y marchent à grands pas, il s'ensuit donc qu'elles doivent être *facilement* et *indubitablement conquises* par un peuple neuf et jeune quand ce dernier aura atteint toute sa force et toute sa croissance.

Je regarde l'*invasion future* des pays de l'Occident et de l'Orient par le Nord comme un mouvement périodique *arrété dans les desseins* de la Providence, qui a ainsi régénéré le peuple romain par l'invasion des barbares. Ces émigrations des hommes polaires sont comme le flux du Nil qui, à certaines époques, vient engraisser de son limon les terres amaigries de l'Égypte. J'ai trouvé la Russie *rivière*, je la laisse *fleuve* ; mes successeurs en feront une *grande mer*, destinée à fertiliser l'Europe appauvrie, et ses *flots déborderont malgré toutes les digues* que des mains affaiblies pourront leur opposer, si mes descendants savent en diriger le cours.

C'est pourquoi je leur laisse les enseignements suivants, je les recommande à leur attention et à leur observation constante.

« I. — Entretenir la nation russe dans un état de guerre continuelle, pour tenir le soldat aguerri et toujours en haleine ; ne le laisser reposer que pour améliorer les finances de l'État, refaire *les armées*, choisir les moments opportuns pour l'attaque. Faire ainsi servir la paix à la guerre et la guerre à la paix, dans

l'intérêt de l'agrandissement et de la prospérité croissante de l ,
Russie.

■ II. — Appeler par tous les moyens possibles, de chez les
peuples instruits de l'Europe, des capitaines pendant la guerre e
des savants pendant la paix, pour faire profiter la nation russe des
avantages des autres pays sans lui faire rien perdre des siens
propres.

» III. — Prendre part, en toute occasion, aux affaires et démê-
lés quelconques de l'Europe, et surtout de l'Allemagne, qui, plus
rapprochée, intéresse plus directement.

» IV. — Diviser la Pologne en y entretenant le trouble et des
jalousies continuelles, gagner les puissants à prix d'or; influencer
les diètes, les corrompre, afin d'avoir action sur les élections des
rois; y faire nommer ses partisans, les protéger; y faire entrer
les troupes moscovites, et y séjourner jusqu'à l'occasion d'y de-
meurer tout à fait. Si les puissances voisines opposent des diffi-
cultés, les apaiser momentanément en morcelant le pays, jusqu'à ce qu'on puisse reprendre ce qui aura été donné.

» V. — Prendre le plus qu'on pourra à la Suède, et savoir se
faire attaquer par elle, pour avoir prétexte de la subjuguer. Pour
cela l'isoler du Danemark, et le Danemark de la Suède, et entretenir avec soin leurs rivalités.

» VI. — Prendre toujours les épouses des princes russes parmi
les princesses d'Allemagne, pour multiplier les alliances de fa-
mille, rapprocher les intérêts et unir d'elle-même l'Allemagne à
notre cause en multipliant notre influence.

» VII. — Rechercher de préférence l'alliance de l'Angleterre
pour le commerce, comme étant la puissance qui a le plus besoin
de nous pour sa marine et qui peut être le plus utile au dévelop-
pement de la nôtre. Échanger nos bois et autres productions
contre son or, et établir entre ses marchands, ses matelots et les
nôtres des rapports continuels, qui formeront ceux de ce pays à
la navigation et au commerce.

» VIII. — S'étendre sans relâche vers le Nord, le long de la
Baltique, ainsi que vers le Sud, le long de la mer Noire.

» IX. — *Approcher le plus près possible de Constantinople* et
des Indes. Celui qui y régnera sera le vrai souverain du monde.

En conséquence, *susciter des guerres continuelles, tantôt au Turc,* tantôt à la Perse; établir des chantiers sur la mer Noire, *s'emparer peu à peu* de cette mer, ainsi que de la Baltique, ce qui est un double point nécessaire à la réussite du projet. Hâter la décadence de la Perse; péuétrer jusqu'au golfe Persique; rétablir, si c'est possible, la Syrie, l'ancien commerce du Levant, et avancer jusqu'aux Indes, qui sont l'entrepôt du monde. Une fois là, on pourra se passer de l'or de l'Angleterre.

» X. — Rechercher et entretenir avec soin l'alliance de l'Autriche : appuyer *en apparence* ses idées de royauté future sur l'Allemagne, et exciter contre elle, par-dessous main, la jalousie des princes. Tâcher de faire réclamer des secours de la Russie par les uns ou par les autres, et exercer sur le pays une espèce de protection qui prépare la domination future.

» XI. — Intéresser la maison d'Autriche à chasser le Turc de l'Europe, et neutraliser ses jalousies *lors de la conquéte de Constantinople,* soit en lui suscitant une guerre avec les anciens États de l'Europe, soit en lui donnant une portion de la conquête, qu'on lui reprendra plus tard.

» XII. — S'attacher à réunir autour de soi tous les Grecs désunis qui sont répandus soit dans la Hongrie, soit dans la Turquie, soit dans le midi de la Pologne; se faire leur centre, leur appui, et établir d'avance une prédominance universelle par une sorte d'autocratie ou de suprématie sacerdotale : ce seront autant d'amis qu'on aura chez chacun de ses ennemis.

» XIII. — La Suède démembrée, la Perse vaincue, la Pologne subjuguée, la *Turquie conquise,* nos armées réunies, la mer Noire et la mer Baltique gardées par nos vaisseaux, il faut alors proposer séparément et très-secrètement d'abord à la Cour de Versailles, puis à celle de Vienne, de partager avec elles l'empire de l'univers. Si l'une des deux accepte, ce qui est immanquable en flattant leur ambition et leur amour-propre, se servir d'elle pour écraser l'autre; puis écraser à son tour celle qui demeurera, en engageant avec elle une lutte qui ne saurait être douteuse, la Russie *possédant déjà en propre tout* l'Orient et une grande partie de l'Europe.

» XIV. — Si, ce qui n'est point probable, chacune d'elles

refusait l'offre de la Russie, il faudrait savoir leur susciter des querelles et les faire s'épuiser l'une par l'autre. Alors, profitant d'un moment décisif, la Russie ferait fondre ses troupes rassemblées sur l'Allemagne en même temps que deux flottes considérables partiraient, l'une de la mer d'Azof, et l'autre du port d'Achangel, chargées de hordes asiatiques, sous le convoi des flottes armées de la mer Noire et de la mer Baltique ; s'avançant par la Méditerranée et par l'Océan, elles inonderaient la France d'un côté, tandis que l'Allemagne le serait de l'autre, et, ces deux contrées vaincues, le reste de l'Europe passerait facilement et sans coup férir sous le joug.

» Ainsi peut et doit être subjuguée l'Europe! »

Ce testament politique, esquissé par Pierre Ier en 1710, après la bataille de Pultawa; retouché par lui en 1722, après la paix de Nystadt, fut formulé définitivement en 1730, par le chancelier Ostermann.

Louis XV et ses ministres le connurent en 1757.

Toujours d'après le même correspondant, les empiétements sérieux de la Russie dans la direction de Tashkend n'ont pas encore, qu'il sache, attiré l'attention des journaux anglais. Une communication non interrompue est maintenant établie entre cette ville et Orenbourg. Jusqu'ici le service postal russe se faisait par la route d'Omsk, Semipalatinsk et Vernoe ; dorénavant les dépêches seront envoyées directement à Kazala, pour suivre de là la rive droite du Iaxartes. Par ce moyen, elles arriveront à leur destination en sept jours, tandis qu'elles mettaient jusqu'à présent deux mois et demi pour franchir la même distance! Les avant-postes russes sont donc, pour ainsi dire, à portée de voix de l'armée et de l'état-major moscovites. Il est temps que l'Angleterre se montre vigilante.

(International, 28 avril 1869.)

Si jamais la Russie s'empare de Constantinople, appuyée sur la Baltique et sur le Bosphore, elle asservira l'Europe et l'Asie sous le même joug! Ah! si j'avais connu plus tôt l'importance du contre-poids turc à Constantinople!

Napoléon 1er.

Un de nos amis, auquel nous lisions l'épreuve de la présente brochure, nous ayant reproché « d'être un peu dur envers le grand poëte Victor Hugo, » nous lui répondîmes ceci :

« Si tu trouves que je suis un peu dur envers notre grand et cher poëte, c'est que je suis très-vrai.

L'esprit sincère, en politique, — chose de plus en plus rare, — peut être l'adversaire de l'homme qu'il aime le plus au monde, de même qu'il peut être le chaud partisan, le défenseur acharné de l'homme public que, dans la vie privée, il pourrait détester.

Rappelle-toi combien j'aimais le pauvre ami qui vient de mourir et combien il m'aimait : nous ne pouvions ensemble discuter politique sans nous disputer bientôt, et pourtant, après comme avant, nous restions frères inséparables.

La politique est le contraire du sentimentalisme.

Un homme politique consciencieux devrait, au besoin, lancer l'ostracisme contre son propre fils et voter en faveur du candidat dont il détesterait la personne.

N'aimerais-je pas Émile Ollivier, que je voudrais lui pouvoir amener tous les votes des Parisiens, parce que au vrai talent d'homme d'État il joint le courage civil le plus grand qui soit, — celui d'abandonner publiquement, en face des lâches du mensonge, les illusions politiques dont les prétendus immuables — véritables bornes! — leurrent l'inexpérience et l'ignorance, la jeunesse et le peuple.

Car il y a grand courage et vertu — surtout par le temps de bêtise et de vice qui fait florès — à confesser publiquement qu'on s'est trompé, qu'on a dû modifier ses opinions.

L'homme qui affirme n'avoir jamais changé n'est qu'un imposteur ou un sot.

« L'imbécile est celui qui ne change jamais, » a dit le poëte.

Ce n'est point parce que Victor Hugo a changé bien des fois
que je le blâme, selon mon devoir d'écrivain; il est toujours
resté consciencieux dans toutes ses transformations, j'en suis sûr;
c'est tout simplement parce qu'il a changé, en dernier lieu, son
cheval borgne contre un aveugle.

J'enrage qu'il soit aussi dupe de lui-même!

Après la terreur de 93, les turbulentes et impuissantes turpitudes de 1848 — auxquelles j'avoue avoir pris part, sans rémuné-
ration toutefois! — ont prouvé que, pour longtemps, en France,
la république n'est qu'une illusion.

Ambition et république sont deux termes qui s'excluent mutuel-
lement, et la France est toujours pleine d'ambitieux : depuis que
le pouvoir est accessible, chacun y voudrait arriver, les compétitions et les intrigues des particuliers empêchent la chose —
res — publique.

Oui, l'homme, sous peine de forfaire à la loi de nature, — qui
veut que l'esprit devienne mûr, comme le corps, — doit changer
à mesure que l'âge apaise la passion; passion veut dire le contraire du libre arbitre.

Ainsi, j'ai maudit consciencieusement, mais juvénilement,
l'auteur du coup d'État de 1851 ; je soutiendrais consciencieusement et sciemment le souverain qui fait, aujourd'hui, plus et
mieux que tout autre chef de l'État ne pourrait faire en notre
temps

Victor Hugo n'est pas en exil : il reste *volontairement* à l'étranger. Cet éloignement profite à lui seul. Chaque trait de plume,
fût-il extravagant, lui vaut des rouleaux d'or et des tourbes d'en-
thousiasmes plébéiens.

Si, au lieu d'écrire de son île anglaise, il venait parler à la tri-
bune, polémiques dans *le Rappel* ou signer même des décrets
révolutionnaires à l'Hôtel de Ville, la foule, ne voyant aucun bien-
être radical succéder à l'avénement du colosse Burgrave, aurait
tôt brisé la statue harmonieuse; car l'homme a beau s'agiter,
devant certaines impossibilités il ne peut produire rien autre que
l'effet d'une statue.

La révolution sociale, dont le pauvre peuple voudrait la jouissance immédiate, a été prêchée, depuis mille et huit cent trente

ans, par un socialiste autrement puissant que Victor, lequel premier socialiste radical est, pourtant renié, trahi par les prétendus socialistes en vogue d'aujourd'hui. Or, ce socialiste surhumain, Christ, est encore à cette heure, plus fort que Victor. La présence, ici, du poëte de l'île anglaise né pourrait faire, en ce qui lui reste de temps à vivre, ce que n'ont pu faire encore les immortelles lois du réformateur éternel ou divin; donc, il faut des siècles pour accomplir progressivement la révolution qui, même accomplie, *rendrait à César* ce que notre cher Victor lui refuse.

N'oublions donc pas que, parfois, au lieu de juger, le poëte chante toujours, et que, les variations fussent-elles inopportunes sur un thème faux, la voix n'en est pas moins sublime.

Bien que j'enrage de voir notre poëte en ce délire à côté, je me console en faisant tout bas cette réflexion : Combien ce serait dommage qu'il fût autrement!

(Note de l'auteur.)

20'1 Paris — Typ. Morris père et fils, rue Amelot, 64.

www.ingramcontent.com/pod-product-compliance
Ingram Content Group UK Ltd.
Pitfield, Milton Keynes, MK11 3LW, UK
UKHW021131140726
13695UKWH00004B/1832